등장인물

숙자

어쩌다 노숙자가 된 지는 모른다.
발길 닿는 곳 이곳저곳을 떠도는데
착한 성품 덕분에 뜻하지 않게
도움을 받곤 한다.

미니

대식가 집안의 유일한 손녀!
푸먹초 먹짱이다. 맛있는 음식을 너무 좋아해서
음식만 보면 흥을 주체하지 못한다.

로기

푸먹초의 전교 일등!
무뚝뚝한 집안에서 자라 과묵하지만
은근히 자상해 인기가 많다.
미니를 좋아한다.

학교 친구들

푸먹초에 다니는 유쾌하고 명랑한 친구들!
미니, 로기와 함께
가끔 먹방에 참여하기도 한다.

보라   나나   미오

미니 가족들

세상의 모든 음식을
먹어 치우는 대식가 가족.
말썽쟁이 미니에게
아낌없는 사랑을 주는
든든한 가족이다.

미니 할머니

미니 할아버지   메롱이   미니 엄마   미니 아빠

로기 가족들

무뚝뚝하고 카리스마 넘치는 외모의 소유자들이다.
하지만 겉으로 보이는 모습과는 달리
각자의 방식으로 외동아들 로기를 살뜰히 보살핀다.

로기 엄마   로기 아빠

푸먹's 메뉴

4장 최강자들의 먹방 대결 편

5장 시끌벅적 파티 편

"오늘은 또 무엇을 먹을까?"

프롤로그

쫄깃폭신 구원의 우유크림빵

저 배…
설마 나에게 오는 걸까?

여기요~!

무인도에 표류하던 숙자는 마침내 구조되는데….

쩌렁쩌렁

무사하신 거죠? 모시러 왔습니다!

여긴 무인도인데 그동안 쫄쫄 굶으신 건 아닌지….

한 명이야?

콰과과과

드디어 섬에서 탈출이구나….

아련

아저씨! 여기 크림빵이랑 우유 좀 드세요!

배고프시죠?

고맙습니다…

9

1장
패러디 편

1화

순한 맛!
오징어 게임

휘이이잉

달그락!

이건 뭐지…?
음식점 쿠폰?

식당으로
데려다주는
차인가?

짜잔!!

끼익─!

하늘에서 내려온 의문의 초대장!

선생님,
일단 탑승하시죠.

두둥

2ROUND

술렁술렁

4개의 모양 중 하나를 고르라고?

달고나 모양을 고르는 거였군!

이 모양이라면 잘 뗄 수 있겠어!

달칵

휴

어떡하지? 내가 고른 건 너무 어려워!

뽈뽈

부들부들

으악! 부서졌다!

망했어!!

이 와중에 달고나 진짜 맛있겠다…!

꼴깍

앗! 침 흘리다가 침방울이 떨어졌어!

토 옥

으응? 선이 좀 더 진해졌잖아!

축 축~

침 때문에 설탕이 녹은 거구나!

유레카!

19

숙자 팀 승리!

다음 미션, 유리 건너기도

무사(?)히 통과하는 우리의 숙자!

21

2화 우승보다 황홀한 한우 스테이크

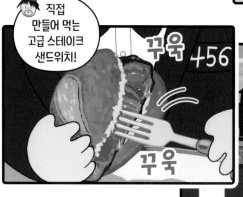

26

가리비 두 개를 한입에 먹으니 부자가 된 느낌이야.

스테이크는 마지막까지 질리지 않고 살살 녹는구나!

하

압

쮸아아압

띵동-!

우승자님, 디저트 나왔습니다.

와아!

+56

초콜릿 아이스크림과 딸기시럽을 얹은 바닐라 아이스크림입니다.

진한 초콜릿이 혀를 감싸니 머릿속에 행복이라는 단어밖에 안 떠올라…!

초롱

초롱

남은 빵은 싸가는 게 인지상정! 히히!

그리고 잊혀진 트로피…

27

3화
천상의 맛, 기내식

게임에서 우승한 숙자는 일상으로 돌아가려 하는데…

아, 늦었다.

빠이~

저 사람… 뭔가 알고 있는 표정이야!

지금 반대편으로 뛰어가면 만날 수 있을지도…!

허억허억

치이익

당황

어, 다시 열렸다.

어, 어엇…

남자가 숙자에게 건넨 것은 '초대장'이었다.

뭐야? 또 이거야?

게임이 또 열리나? 난 이미 받을 만큼 받았는데….

바삭

바삭

결국, 숙자는 명함 뒤에 있는 번호로 전화를 걸고야 마는데…

그 비행기를 타. 그게 당신한테 좋을 거야.

음산~

위험한 게임을 만든 악당인 것 같은데…?!

저도 그렇게 생각해요!!!

탑승 완료!

숙자는 조언을 잘 받아들이는 성격이었다.

FODMUK AIR

슈우우우욱

잘 가요!

스테이크 맛있게 먹어 줘서 고마워요!

그렁
그렁

진짜 타고 갈 줄이야...

비행기 안은 이렇게 생겼구나!

두근

두근

우아! 기내식 시간이다!

스윽

치킨너겟은 넘버원 급식 메뉴였지. 어릴 때로 돌아간 기분이야.

바삭

바삭

BUTTER

Gochu

Orange Pudding

WATER

평범한 밥도 비행기에서 먹으니 특별하게 느껴져!

움 냠냠

하늘 위의 맛! 이게 바로 천상의 맛이지!

Orange Pudding

WATER

Gochu

숙자가 버리고 온 걸 주웠다고 한다. 하지만 숙자가 다시 버렸다! 33

4화

계란과 베이컨으로 정식을!

저, 저것은…!

두둥

폐가 같은데…
이게 정말
성이 맞나?

저벅

저벅

에구, 추우니
불 좀 쬐어야지.

타닥

타닥

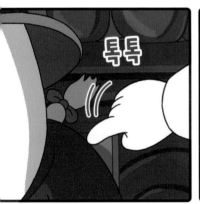

두툼한 베이컨을 돌돌 말아서 한입에 넣으면 세상을 다 가진 기분이 들지.

저… 리필은 안 되죠?

쏘옥

꼬르륵

미니는 아직 배고프다!

잘 먹네…

리필은 안 되지만, 방법이 있지!

달칵!

문 색깔을 바꾸면 다른 출구가 생긴단다.

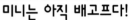

띵~!

핑크색 문으로 나가면….

짜·잔!

보글

보글

달칵

초록색 문도
가 보자고!

띵!

짜라란

뜨허억!!

동서양을
한자리에서 만나다니
이것이야말로
지구촌의 평화?

찹찹

혹시 영원히
배고픈 저주에
걸린 걸까?

두근
두근

검정은 뭘까?
혹시 짜장면?!

미니에게 저주를 건 악당, 황야의 마녀였다…．

하이.

두둥

빠, 빨리
닫아!!!

5화 잼과 미니의 행방불명?!

터널을 지나온 그들 앞에 보인 건···.

기묘한 분위기의 가게들?!

스산~

이상하군.
사람이 아무도
없어.

어머, 어디서
맛있는 냄새가
나는데요?

번쩍

찾았다!
맛있는 냄새의
근원지!

푸짐

본격적인
여행을 시작해
볼까?

기대

척

다 다 다 다 다

어?

쌔 앵

저기,
잠깐만!

두리번
두리번

너 이 동네
애야?

어?
어디 갔지?!

벌써 본격적인 식사를 시작한 아빠!

45

47

적당히 짭짤하게 배어든 소금 간…. 특별한 내용물이 없는데도 자꾸만 손이 가!

너 혹시 주먹밥의 천재?

영차

영차

그 후로도 잼은…

냠냠

쩝쩝

자, 자 한 줄로 나란히

영차

영차

영차

눈물을 멈추기 위해… 수많은 주먹밥을 해치웠다.

이 녀석, 부모님 구한다더니…

꾸우우울??

밥 주러 왔냐?

돼지가 돼 버렸네.

49

영화 속 음식 이야기

영화 속에서 등장하는 음식은 단순히 먹는 것 이상의 의미가 담겨 있어요. 음식은 등장인물의 감정과 영화의 분위기를 전달할 뿐 아니라, 특정 시대를 나타내는 도구로 사용되기도 하지요. 그렇다면 2021년 방영된 한국 드라마 〈오징어 게임〉에는 어떤 음식이 사용됐는지 살펴볼까요?

그 시절 소중한 한 끼, 알루미늄 도시락

알루미늄으로 만들어진 이 도시락 안에는 주로 쌀밥과 김치볶음, 콩자반 등 갖가지 반찬이 담기곤 했어요. 일제 강점기 때 등장해 1980년대까지 널리 쓰였지요. 도시락에 쓰인 '알루미늄'이라는 재질은 쉽게 데워지는 데다, 값이 저렴해 많은 사람이 사용했어요. 당시에는 급식이 제공되지 않아 학생들은 어머니가 싸 주신 단출한 도시락을 들고 옹기종기 모여 앉아 먹곤 했어요. 하지만 80년대 보온 도시락이 등장하면서 보온이 안 되는 알루미늄 도시락은 점점 모습을 감추었어요. 〈오징어 게임〉에서는 게임 참가자들이 이 도시락을 먹으면서 80년대의 추억을 떠올리는 장면이 나오지요.

스릴 만점 달고나 게임

〈오징어 게임〉에서 등장인물들이 달고나 모양을 뽑아내려고 고군분투하던 모습을 기억하나요? 달고나는 쇠로 된 국자에 설탕을 불로 녹인 후, 베이킹 소다를 넣고 막대로 빠르게 저어 만든 간식이에요. 별, 우산 등 여러 모양의 틀로 찍어 만들지요. 모양을 잘 뽑아내면 설탕 과자나 각종 경품을 받을 수 있었어요. 달고나는 6·25전쟁 이후 1960년대 초반 부산에서 시작되었다고 알려졌어요. 동네 골목이나 초등학교 앞에서 행상을 차려 놓고 팔곤 했지요. 값이 싸고 단맛이 강해서 아이들의 대표 군것질거리가 되었어요. 지역마다 뽑기, 띠기, 떼기 등으로 불렸답니다.

▲난로 위에서 데워 먹었던 '알루미늄 도시락'

▲설탕을 녹여 만든 골목길 대표 간식 '달고나'

사람을 왜 동물에 비유할까?

우리는 종종 동물의 특성을 사람의 행동에 빗대어 이야기하곤 해요.
먹성이 좋거나 식탐이 많은 사람을 보고 '돼지'에 빗대어 표현하는 것처럼요.
많고 많은 동물 중에 특별히 돼지에 빗대어 표현하게 된 이유는 무엇일까요?

오해로 시작되었다고?

많이 먹거나 식탐이 많은 사람을 돼지에 빗대어 말하는 이유는 돼지가 많이 먹는 동물로 알려져 있기 때문이에요. 돼지가 음식을 많이 먹을 거라는 오해가 인간의 과식과 자연스럽게 연결되면서 이런 표현이 생겨난 것이지요. 돼지에 대해 조금 더 알아볼까요?

알고 보면 많이 먹지도, 뚱뚱하지도 않은 돼지

사실 돼지는 우리가 아는 모습과는 많이 달라요. 먼저, 돼지는 사람처럼 과식하지 않아요. 사람들은 돼지를 기를 때 살을 찌우려고 많은 양의 사료를 주지만, 돼지는 스스로 일정한 양만 섭취하고 그 이상은 먹지 않는답니다. 게다가 돼지는 뚱뚱하지도 않아요. 돼지의 평균 체지방률은 15%로, 성인 남성의 평균 체지방률인 10~20%와 성인 여성의 평균 체지방률 20~30%를 비교하면 평균 체지방률이 사람보다도 낮은 것을 알 수 있지요. 그러니 앞으로는 많이 먹거나 식탐이 많은 사람을 '돼지'에 비유할 수 없겠지요?

★ 돼지의 지능 지수(IQ) ★

돼지의 지능 지수는 75~85 정도예요. 이는 지능 지수가 60인 개보다도 높을 뿐 아니라 3~4세 아이의 지능과 비슷한 지수지요. 전문가들은 돼지도 훈련하면 반려견처럼 여러 가지 동작을 할 수 있다고 해요.

▲일정한 양의 사료만 먹는 돼지

2장
시간 여행 편

6화
대식가 집안의 아기, 미니의 탄생

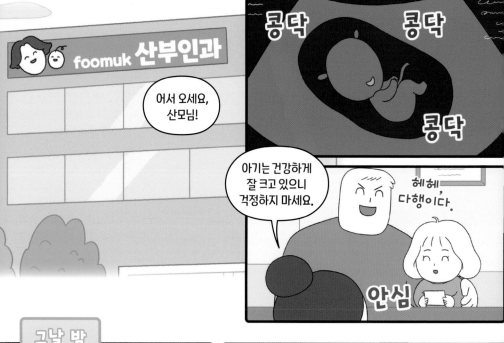

foomuk 산부인과

어서 오세요, 산모님!

콩닥 콩닥 콩닥

아기는 건강하게 잘 크고 있으니 걱정하지 마세요.

헤헤 다행이다.

안심

그날 밤

ZZZ

으음…? 무슨 소리가….

여보, 뭐 해요…?

하암

부스럭

부스럭

54

55

무뚝뚝한 집안의 아기, 로기의 탄생

주체할 수 없는 기쁨!

안 돼.
이건 어른들
간식이에요~.

오물   오물

맘마!

탕!

탕!

세월이 흘러, 로기의 유치원 첫 등교 날이 됐다!

냐냐유치원

와아…

로기는
왕자님 같아….

천방지축인 다른
남자애들과는 달리
차분한 저 모습!

샤방샤방

비행기가
날아간다!
슈우웅!

히히

집으로 돌아갈 시간!

67

8화 아빠의 어린 시절, 추억의 먹거리

짹 짹

아버지, 어머니! 김치 잘 먹겠습니다!

수북

깍깍

너희 셋이면 금방 떨어질 테니까 바로 또 와라!

네에!

어? 저기는…?

또 이문방구

문방구

내가 어릴 때 맨날 가던 문방구가 아직도 있었구나!

먹으면 혀가 파래지는 페인트 사탕

단 한 장 뽑았는데 결과가…?!

그런데 며칠 뒤, 충격적인 소식이 전해지는데…

71

그 시절 미니 아빠가
가장 좋아하던 겨울 간식은!

그렇게 오랜만에 만난 두 친구는… 오랜만에 한참 동안 게임을 했다. 73

9화
보라의 비밀, 통통 베이비

늦은 시간, 보라네 집 앞

보라는 어린이집을 쉬는 대신 운동을 시작했다!

어푸

어푸

수영!

발레!

어이!

태권도까지!

수고했어.
그래도 할만
했지?

무지
힘들었는데…

어, 엄마!
우리 피자 먹고
가면 안 돼요?

어머!
이쪽에 꽃들이
예쁘게 폈네!

엄마…?

미안하다!
이게 다 널
위해서야!

외면

끄응

80

딸과 함께 엄마도 다이어트 대성공! 81

10화

몸속까지 뜨끈한 국밥

두둥!

짜잔

내가
왜 이곳에?

얼떨떨

어느 날, 사극 속 주인공이 된 숙자…!

어디인지는 모르지만 일단 밥부터 먹는 숙자…!

밥과 술을 든든히 먹은 숙자는 그렇게 단잠에 빠졌다··· 85

돌상에 올라가는 음식의 의미

의학이 발달하지 않은 옛날에는 아기가 태어나고 첫 1년 동안 무사히 자라는 것이 무척 어려웠어요. 그래서 아기가 건강하게 첫 생일을 맞이하면 여러 가지 음식을 차려 놓고 온 가족이 축하하는 전통이 생겼지요. 이때 차리는 상을 '돌상'이라고 했어요. 그렇다면 이 돌상에는 어떤 음식이 차려지고, 또 어떤 의미가 담겨 있을까요?

아기의 건강과 행복을 바라는 마음이 담긴 음식들

지역마다 돌상에 올라가는 음식은 다르지만 주로 떡과 과일이 주가 돼요. 아기가 한 사회의 일원이 되었음을 알리는 데 의미가 있기 때문에 구하기 힘든 음식을 차리지 않았지요. 모든 음식은 아기의 건강한 성장과 복된 삶을 기원하는 마음으로 각각 의미를 담아 차렸어요. 하얀 백설기는 신성함과 정결, 인절미는 끈기와 단단한 마음, 수수팥경단은 덕을 쌓으라는 뜻과 함께 나쁜 기운을 물리치고 건강하라는 의미가 담겨 있지요. 또한 다양한 제철 과일은 과일의 다양한 색과 맛처럼 아기의 미래가 풍부하고 즐거움으로 가득하길 바라는 의미가 담겨 있어요.

돌상만 차리는 게 아니라고요?

아기의 첫 생일을 축하하며 돌상과 함께 차리는 상이 또 있어요. 바로 '돌잡이상'이에요. 돌잡이상은 아기 앞에 여러 가지 물건을 올려둔 뒤 아기가 고르는 물건을 보고 아기의 앞날을 엿보는 전통 행사예요. 돌잡이 물건으로는 쌀, 돈, 책, 종이, 필기구, 굵은 실타래, 활과 화살, 바느질 도구 등을 올렸어요. 쌀과 돈은 부귀, 실타래는 장수, 책과 필기구는 학자, 활과 화살은 뛰어난 무예, 바느질 도구는 뛰어난 손재주를 각각 의미하지요.

▲돌상에 올라가는 음식

▲돌잡이에 쓰이는 다양한 물건

특별한 날에만 먹는 특별한 음식이 있다고?

'돌상'처럼 특별한 날에 먹는 특별한 음식이 또 있었어요. 아주 오래전부터 농사를 지어 온 우리 조상들은 계절과 날씨의 변화에 관심이 많았어요. 씨앗을 뿌릴 때나 모내기를 할 때, 가을걷이를 할 때 농사가 잘 되기를 바라면서 특별한 날을 정해 제사를 올리고, 가족, 이웃 간의 정을 나누었지요. 그때 먹는 음식은 저마다 특별한 의미가 담겨 있었답니다.

 ## 명절과 절기

우리나라의 대표적인 명절로는 설날, 한식, 단오, 추석 등이 있어요. 오늘날에는 설날과 추석만을 공휴일로 지정해 함께 즐기지만, 옛날에는 단오, 한식이라는 큰 명절도 있었어요. 그 외에도 소한, 경칩, 입추, 동지… 등 명절 말고도 특별한 날이 있지요. 이날들을 절기라고 하는데, 절기는 농사와 관련된 날이에요. 봄과 여름, 가을, 겨울 사계절 변화가 뚜렷한 우리나라에서 농사를 잘 지으려면 계절의 변화를 잘 알아야 했지요. 조상들은 한 해를 24절기로 나누어 계절을 더욱 세세하게 구분하고, 그에 맞춰 농사일을 했답니다. 그리고 이 절기에 맞추어 한 해 농사의 풍년을 기원하고, 복을 빌고, 추수를 감사하는 여러 가지 행사를 치르며 갖가지 음식을 나누어 먹었지요.

 ## 특별한 의미가 담긴 음식들

우리 조상들은 명절과 절기를 보낼 때 특별한 음식을 만들어 가족, 이웃들과 나누어 먹곤 했어요. 그럴 때 먹는 음식은 음식마다 특별한 의미가 담겨 있어 조상에게 감사하는 마음을 전하거나, 풍년이 들기를 바라거나, 건강을 빌었지요. 한 해의 시작을 알리는 설날에는 떡국이나 만두를 먹으며 한 해의 건강을 빌었어요. 특히 떡국을 먹어야 나이를 한 살 더 먹을 수 있다고 생각했지요. 삼짇날은 음력 3월 3일로, 봄이 온 것을 기뻐하며 꽃구경을 가는 날이에요. 사람들은 산과 들로 봄나들이를 가 진달래꽃을 따서 진달래꽃전을 해 먹었어요.

★ 부럼이란? ★

부럼은 음력 1월 15일인 대보름날 아침에 잣, 날밤, 호두, 땅콩 등의 딱딱한 열매를 깨뜨려 먹는 풍속을 말해요. 대개 자기 나이만큼 깨무는데 한 번에 깨뜨리면 1년 동안 무사태평하고 부스럼이 나지 않는다고 믿었어요.

▲설날이 오면 먹는 떡국

3장
달콤바삭 디저트 편

91

영화가 끝나고…

두 사람에게 뜻밖의 봄바람이?!

12화
지나칠 수 없는
휴게소 음식

산속의 힐링 명소, 푸먹 캠핑장에

무언가 심상치 않은 기운이 감도는데…

안 되겠어요!
전부
망가졌어요.

영망

당분간
캠핑 운영은
힘들겠는데…?

멧돼지의 잦은 출몰로
임시폐장 합니다. ㅜㅠ

위험
Danger

사장님! 그럼 전
집에 갔다가 영업 다시
시작되면 올게요!

그래, 이참에
푹 쉬고 와!

99

정말 죄송합니다! 죄송합니다!

됐슈. 급한 것 같은데 얼른 가 봐요!

으아아, 정말 죄송합니다아아! 저 두고 가지 마세요!

정신 사납기는…

다 다 다 다

무사히 타서 다행이다….

안심

음냐음냐…. 어? 지금 꿈속인가?

내 보따리 속에 왜 닭이 있지…? 역시 꿈인가 봐… 쿨쿨….

꼬꼭…

한편, 다른 버스에서는…

고속 버스

아니! 이게 웬 돈이야?

10000 …

내가 혹시…… 우리 꼬꼬를 팔았던가?

꼬꼬는 어딜 가고…

숙자의 짐과 바뀌어 버렸다!

101

13화 셋이 먹다 한 명이 다 뺏어 먹을지도 모를 과자 파티

흥얼 흥얼

오늘은 또 어떤 맛있는 디저트를 먹어 볼까?

내 견생은 내가 이끈다!

저벅 저벅

FM24 푸억 편의점

아니? 저건…!

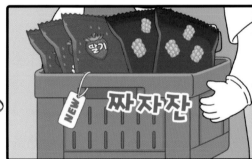

딸기

NEW 짜자잔

어제 먹방에서 본 신상 과자잖아!! 구하기 그렇게 어렵다던데 우리 동네에 들어오다니!

감격

당장 먹어야만… 응?

땡전 한 푼~

미니 친구, 나나네 집

105

달콤한 디저트의 시작

디저트는 프랑스어에서 유래한 말로, '식사를 끝마치다' 또는 '식탁 위를 치우다'라는 뜻으로 식사 후에 먹는 음식을 말해요. 부드럽고 달콤한 티라미수, 바삭 쫀득한 마카롱, 입안에서 사르르 녹는 아이스크림 등이 대표적인 디저트이지요. 맛있는데다 예쁘기까지 한 디저트들은 어디서 어떻게 시작되었을까요?

이탈리아에서 태어난 티라미수

티라미수는 커피, 카카오, 마스카르포네 치즈 등의 재료로 만든 이탈리아의 디저트예요. '기분이 좋아진다'는 뜻이 있는 티라미수는 커피 안에 든 카페인이 흥분 작용을 일으켜 실제로도 기분이 좋아지는 효과가 있어요. 이탈리아의 한 제과 요리사가 팔고 남은 커피와 말라 버린 쿠키를 재활용하려고 만든 디저트지요. 이후 1980년대에 잡지나 요리책에 티라미수 레시피가 등장하면서 전 세계적으로 유명해지게 되었어요.

수녀들이 간식으로 먹던 에그타르트

에그타르트는 달걀노른자와 생크림 등을 섞은 후 커스터드 크림을 채운 파이예요. 이 파이는 리스본의 제로니모스 수도원에서 유래되었지요. 수녀가 수도복을 세탁한 후에 옷을 빳빳하게 펴기 위해 달걀흰자를 사용했는데, 이때 남은 노른자를 활용해 에그타르트를 만들었지요. 1820~1830년대에 포르투갈 전역의 수도원이 문을 닫으면서 수사들은 이 레시피를 인근의 설탕 정제 공장에 팔았어요. 후에는 포르투갈 리스본의 '벨렘'이라는 빵집에 전달되면서 1873년부터 지금까지 세계적인 맛집으로 사랑받고 있답니다.

▲이탈리아에서 만들어진 티라미수

▲수녀원에서 탄생한 에그타르트

한입 더!

밥 배와 디저트 배가 따로 있다고요?

밥을 배불리 먹은 후에도 허전함을 느껴 본 적이 있나요? '밥 배와 디저트 배는 따로 있다'는 말까지 있을 정도로 밥을 먹고 나서도 디저트를 반드시 먹어야 하는 사람들이 많지요. 그렇다면 정말 디저트 배가 따로 있는 걸까요?

'단짠단짠'에 끌리는 이유

뇌는 한 가지 맛에 질리면 다른 맛을 찾게 돼요. 다양한 영양소를 섭취하도록 진화했기 때문이지요. 이것 때문에 밥을 다 먹은 후에도 디저트가 당기는 거예요. 예를 들어, 짠 음식을 많이 먹으면 단 음식이 맛있게 느껴지는 것도 이런 이유에서예요. 우리 몸이 영양소를 골고루 섭취하기 위한 본능적인 반응이지요.

뇌는 달콤한 음식을 원해!

사람들이 음식을 먹는 이유는 단순히 배고파서 먹는 것이 아니라 맛있어서, 기분이 좋아서 먹기도 해요. 특히 디저트는 이런 즐거움을 주는 대표적인 음식이에요. 음식이 주는 심리적 만족감이 실제 포만감과는 다르게 작용하는 것이지요. 뇌는 케이크나 아이스크림 같은 당분이 많은 음식이나 고열량의 음식을 보면 냄새를 맡는 것만으로도 식욕증추가 자극을 받으면서 먹고 싶다는 충동을 일으킨다고 해요. 이때 보상중추가 신호를 보내면 위에 음식이 가득 차 있어도 자동으로 위를 더 늘리게 되지요. 식사 후에 디저트가 당긴다면 뇌가 열심히 일하고 있는 증거라고 생각해 보세요.

★ 아이스크림 속에 과학이? ★

아이스크림을 부드럽게 만들어 주는 1등 공신은 공기라는 사실을 알고 있었나요? 우유, 크림, 설탕 등 아이스크림의 재료들을 섞어 얼릴 때 특수 기구를 이용해 공기를 주입하는데, 이때 들어가는 공기의 양에 따라 부드러움이 달라진답니다! 아이스크림이 부피에 비해 가벼운 것도 공기 때문이지요.

▲ 고열량의 디저트

4장
최강자들의 먹방 대결 편

14화
대왕 짜장과
괴물 탕수육

그래서 말이야. 꿈에서 내가 햄버거 천 개를….

재잘

재잘

응?! 너넨 누구야?

두둥

어이, 미니… 날 모른다고 하진 않겠지?

방금 몰라서 물어본 건데….

난 말이야, 이런 대기록의 사나이라고!

좌라락

바비(Bobby)
*옆 학교 먹방 NO.1
*미니의 최강 라이벌

수많은 먹방 챌린지 성공 경력!

114

결국, 1등 먹짱의 자리는 미니가 차지했다!

15화 미니VS바비의 먹방 라이브 대결!

햄버거집 앞에서 만난 미니와 친구들.

119

120

고기패티가 선사하는 이 충만함!

치즈를 뒤집어쓴 패티가 상큼한 채소들과 함께 입안으로 다이빙을 하네!

살짝 느끼하다 싶을 때는 콜라로 씻어 내기! 완벽해!

꼴깍

꼴깍

뜨거운 치즈가 주르륵 흘러내려~

여기에 셀프로 감자튀김 토핑을 추가하면!

쏘옥

미니 특제 신메뉴! 치즈포테이토 버거다!

짱맛!

ID: burgerlover
헙! 집 앞 햄버거집으로 달려가야겠는데?

ID: _wantogohome
오늘 퇴근 후 야식 메뉴는 너로 정했다!

ID: iam_mom
아이들도 좋아하는 버거, 가족 외식 결정!

ID: whitehand
나는 간단하게 배달 주문! 미니 님 초이스로 먹을게요!

엥! 그런데 갑자기 시청자 수가…!

흠칫!

어리둥절

엄청나게 줄어들고 있잖아?

다들 어느 방송을 보러 가 버린 거지?! 대체 누가 방송을 켠 거야!?

결국 전부 떠나 버렸다!

LIVE
몸짱 할아버지의 치팅데이 먹방!!

오늘 할아비 먹방은 햄버거 전 메뉴 먹방!

할아버지 보러 와 줘서 고마워! 구독과 좋아요도 부탁해, 우리 꼬마 강아지들!

범인은 바로… 새로운 취미가 생긴 미니 할아버지!

123

먹방은 왜 계속 보게 되는 걸까?

먹방은 '먹는 방송'의 줄임말로, 인터넷 등으로 일반인이 음식을 먹는 것을 중계하는 것뿐 아니라 영화나 드라마, 예능 프로그램에서 연예인들이 맛있게 먹는 장면 등을 모두 일컫는 말이에요. 최근에는 먹방을 즐겨 보는 사람이 많아졌어요. 사람들은 왜 이렇게 먹방을 즐겨 보는 걸까요?

'먹방'의 시작은?

먹방의 유행이 어디에서 시작되었는지에 대해서는 여러 의견이 있어요. 대체로 '인터넷 방송'에서 시작되었다고 보고 있지요. 사람들은 출연자가 짜장면이나 치킨 같은 배달 음식을 먹는 모습을 보며 동질감을 느꼈어요. 이후 연예인의 먹는 모습이 화제가 되는 사례가 나타나면서 먹방은 사람들 사이에서 계속해서 인기를 끌었어요. 2010년 영화 〈황해〉에서 배우 하정우가 김, 핫바, 감자 등을 맛있게 먹는 연기가 화제가 되었지요. 사람들은 배우가 맛깔나게 음식을 먹는 모습에 열광했고, '먹방'이라는 단어가 본격적으로 쓰이기 시작했어요.

행복과 위로를 찾는 사람들

한국방송광고진흥공사의 조사에 따르면, 온라인 동영상 유형 중에서 가장 많이 시청한 콘텐츠는 바로 먹방(61%)이었어요. 다른 사람이 푸짐하게 음식을 먹는 모습을 보면서 마치 음식을 실제로 먹는 것 같은 대리 만족을 느끼는 것이지요. 먹방 등 음식콘텐츠는 혼자 시청하는 경우가 대부분이라고 해요(95.1%). 먹방을 보는 행위가 대리 만족을 넘어, 외로움을 달래 주면서도 소소하지만 일상 속 행복과 여유를 느끼게 해 주는 것이지요. 이렇게 먹방은 단순한 음식 콘텐츠를 넘어, 우리의 삶 속에서 정서적인 연결을 제공하는 콘텐츠이자 문화로서 자리매김하게 되었어요.

▲애니메이션 먹방 채널 '푸먹'

▲하나의 콘텐츠가 된 먹방

짜장면 먹고 나면 생기는 물의 정체!

짜장면을 먹다 보면 까만 소스 위에 물이 고이는 것을 본 적이 있을 거예요. 짜장면을 후루룩후루룩 먹으면서 자연스럽게 침이 면을 타고 흘러 국물을 만들었다는 말이 있지만, 사실 반은 맞고 반은 틀려요. 왜 이런 현상이 일어나는지 알아볼까요?

 ## 녹말과 아밀라아제의 만남

짜장면은 춘장과 전분, 물을 넣어 소스를 만들어요. 전분은 물과 섞이면 소스를 걸쭉하게 만들어 주지요. 하지만 이 전분의 주성분인 녹말이 침 속의 소화 요소인 '아밀라아제'와 만나면 녹아요. 짜장면을 먹으면 음식에 침이 닿게 되는데, 이로 인해 이 두 가지가 결합되면서 국물이 생긴 것처럼 보이는 것이지요. 반면 간짜장은 전분이 들어 있지 않기 때문에 국물이 생기지 않는답니다.

 ## 면 속의 수분

짜장면 소스에 물이 고이는 또 다른 이유는 짜장면의 면과도 관련이 있어요. 짜장면의 면은 만들어지는 과정에서 일정한 수분을 품고 있는데, 면은 삶아진 후에도 수분이 남아 있지요. 그래서 면의 온도가 내려가거나, 면과 소스가 만나면 면이 품고 있던 수분이 밖으로 나와 그릇에 물이 고이는 현상이 나타나는 것이랍니다!

★ 짜장면? 자장면? ★

1980년대 국어학자들은 한국어의 된소리 현상이 언어 순화를 막는다고 생각했어요. 그래서 가능하면 된소리를 사용하지 않기로 했지요. 짜장면이 갑자기 자장면으로 바뀐 것도 우리말이 된소리로 변하는 것을 막기 위해서라고 해요. 하지만 국립국어원에서 짜장면도 표준어로 인정하여 지금은 자장면과 짜장면 모두 표준어로 쓸 수 있어요.

▲짜장면에는 왜 물이 고일까?

5장
시끌벅적 파티 편

16화

오싹오싹 소름 끼치는 핼러윈 파티

핼러윈 파티를 위해 분장을 하고 모인 미니와 친구들!

이야, 다들 분장 솜씨가 장난이 아닌데? 핼러윈도 식후경! 얼른 식사를 시작하자고!

케첩과 머스타드를 뿌린 소시지 핫도그부터 한입! 뿌드득한 소리가 중독성이 있네!

한입에 다 들어가지도 않는 대왕 김밥! 쏙 넣긴 어려워도 재료가 꽉 차 있어서 풍부한 맛이야!

129

미니는 그 어느 때보다 스릴 넘치는 핼러윈을 보냈다.

17화 고요한 성탄절 밤, 전기 통닭과 버터케이크

고요한 밤~

거룩한 밤~

곧 크리스마스지만, 만날 사람도 없으니… 잠이나 자 버리자!

쿠울!

메리 크리스마스! 저는 오늘 할머니의 산타예요!

이거 받아 주세요!

화들짝

내 거는?

에구머니나! 자네 거나 사지… 무슨 내 선물이야!

크리스마스엔 역시 음악이 있어야죠. 제가 옥수수 하모니카 불어 드릴게요!

하이고! 옥수수 알알이 터지는 선율이 기가 막혀! 오케스트라 입단해야겠어!

토톡! 토토톡!

호오~

아유, 오는 길에 붕어빵 장수를 마주쳤는데 도무지 그냥 지나갈 수가 없더라고.

겨울엔 이거지, 이거야~.

Merry Christmas

생크림에선 느낄 수 없는 미끈한 부드러움과 버터의 풍미가 추억을 부르는구먼.

많이 드세요!

자네 덕분에 이 할미가 이런 케이크도 맛보고 호강하는구먼. 고맙네! 고마워! 정말 행복한 밤이야~.

크리스마스에는 그립고 고마운 사람들과 행복한 파티를! 137

18화
어쩌다
코스프레 데이트!

코스프레 축제에 참가한 미니와 친구들!

만화 볼 때 이거 꼭 먹어 보고 싶었는데! 발바닥 모양 사탕클!

말랑말랑하게 생겼는데 딱딱한 게 매력이지!

저런 것도 있어!

이걸 안 먹고 지나간다면….

손해도 그런 손해가 없지… 당장 사자!

프레디 피자 포장 나왔습니다. 감사합니다~.

제가 더 감사합니다!!!

모락~

모락~

팟!!

조심해, 미니야. 저기 수상한 사람이…!

수상한 사람?!

척

…그게 아니라 식당에 오라고 하는 거였구나….

식당도 무슨 사건이 터질 것처럼 생긴 기차잖아….

저런 곳에선 꼭 누군가가 사라지거나 큰일이 일어나던데.

기차식당 TRAIN RESTAURANT

외부음식 반입○

코스프레 고객 50%DC

만화를 너무 많이 본 둘이었다.

142

알고 보니 코스프레 고객들에게는 만화 재연 이벤트를 해 주는 식당이었다. 143

19화
보라의 생일을
맛있게 축하해!

147

149

20화 상다리 부러지는 할아버지 생신

151

생일은 맛있는 걸 잔뜩 먹을 수 있다는 점에서 최고지! 오늘은 칼로리 걱정은 접어 두자!

와구   와구

기름기 쫙 뺀 수육은 운동하는 사람에게도 환영받는 음식이지!

매콤하고 오독오독한 무장아찌, 무김치랑 같이 먹으면 황홀경 그 자체!

우리 손주 입맛엔 뭐가 제일 찰떡인고?

고민할 것도 없이 할머니표 갈비죠!

오물   오물

할머니 최고!

이 맛있는 굴비를, 옛날 가난한 시절에는 걸어 두고 쳐다보기만 했었다니.

나였다면 점프해서 바로 따 먹어 버리고 말았을 거야….

미역국은 오래 끓이셨나 봐요? 국물이 무지 진해요!

고기 들어간 미역국은 바로 이 맛이지!

후루룩!

아유, 꼬치전은 만들기 귀찮으셨을 텐데…. 하지만 여러 가지 재료가 들어가는 만큼, 다양한 맛을 한입에 즐길 수 있죠. 너무 맛있네요!

우물 우물

갈 때 전 좀 싸 갖고 가렴! 집 가서 데워 먹어!

와아압

한국인의 후식은 비빔밥, 볶음밥 아니겠어?

나는 간장게장 게딱지 비빔밥을 후식으로 먹… 아니, 먹다 보니 식사 2차전 시작인데? 한 그릇 더!

푸짐한 한 끼 식사가 끝나고 난 뒤

시고르 사진관

준비 되셨죠? 하나, 둘, 셋, 하면…. '김치' 할까요? '치즈' 할까요?

이왕 하는 거 떡볶이까지 다 하죠!

하나, 둘, 셋!

김치 치즈 떡볶이!

난 곱빼기!

음식이라면 뭐든지 일단 많이 부르고 보는 미니네 가족이었다. 153

파티는 왜 할까?

파티는 여러 사람이 모여 사귀고, 대화를 나누기 위해 만들어진 모임이에요. 파티의 목적에 따라 친척, 친구와 만나는 소규모 모임부터 행사, 기념 파티 등의 대규모 모임까지 다양해요. 파티는 언제, 어디서부터 시작된 걸까요?

파티의 역사

파티의 역사는 고대 그리스의 '향연'으로 거슬러 올라가요. 당시에는 지금의 파티처럼 사람들과 사귀며 먹고 마시며 즐기기보다는 철학적인 대화를 나누는 담론의 성격이 강했어요. 사교를 목적으로 한 파티는 16세기 프랑스 국왕 앙리 2세의 아내 카트린 드 메디치로부터 시작되었지요. 카트린이 공개 석상에서 귀부인들을 불러 식사를 대접하면서부터 우리가 아는 지금의 서양식 파티가 시작되었어요. 파티 문화는 영국과 프랑스를 중심으로 하여 유럽 전역에 퍼지면서 상류 사회에서 적극적으로 활용되었어요.

가지각색의 파티 문화

나라마다 파티를 즐기는 모습이 조금씩 달라요. 예를 들어 사람들과 교류를 많이 하는 프랑스 파티와는 달리 영국인들은 오후에 조용히 홍차 한 잔을 마시는 티파티(tea party) 문화가 발달했지요. 19세기 후반에는 귀족층 여성들만의 파티였지만 20세기 이후 미국으로 넘어가면서 칵테일파티(cocktail party)라는 새로운 파티 문화가 생겨났어요. 파티의 참여자도 여성이 아닌 남성 중심으로 바뀌었고 칵테일을 들고 돌아다니면서 이 사람, 저 사람 만나며 서로 대화하는 형태로 바뀌었지요. 많은 사람을 만나는 게 목적이어서 의자 없이 서서 돌아다니는 문화로 정착이 되었지요.

▲19세기 영국 귀족층 여성끼리 즐기던 티파티 문화

▲20세기 이후 새로운 문화로 자리 잡은 칵테일파티

한입 더!

생일에는 왜 케이크를 먹나요?

생일이 되면 사람들은 자기 나이만큼 케이크에 초를 꽂고 후후 불어 끈 뒤에 나누어 먹어요. 많은 음식 중에 케이크를 먹는 이유가 무엇이고, 언제부터 이런 문화가 생겨난 걸까요?

 ## 신에게 케이크를 바치던 고대 그리스

생일에 케이크를 먹는 전통은 고대 그리스 시대까지 거슬러 올라가요. 당시 그리스인들은 사람이 태어나면 평생 그 사람을 지켜보는 수호천사와 악마가 있다고 믿었어요. 평소에는 교감할 수 없지만 생일이 되면 이 수호천사나 악마와 교감할 수 있다고 믿었지요. 그래서 아이가 태어나 생일이 되면 달 모양의 빵을 만들어 달의 여신 '아르테미스'의 제단에 바쳤어요. 달 모양의 빵 위에는 촛불을 꽂았는데, 촛불은 달빛을 상징하는 도구로 소원을 신에게 전달하는 매개체 역할이었지요. 생일 케이크를 자르기 전 소원을 빈 다음 촛불을 불어 끄는 전통은 여기서 유래했다고 해요.

 ## 독일의 생일 풍습

'킨더페스트'는 중세 독일의 풍습으로, 생일을 맞은 아이가 아침에 눈을 뜨면 촛불을 꽂은 케이크를 선물하는 문화가 있었어요. 당시 사람들은 악령이 아이를 노릴 것이라고 생각해 촛불을 하루 종일 켜 놓았다가 가족들이 모두 모인 저녁 때 불을 불어서 끄게 했지요. 촛불은 그다음 해를 이끌어 주는 '생명의 등불'이 되라는 의미로 아이의 나이보다 하나 더 많이 꽂았답니다. 독일의 이 전통은 19세기 미국에 전해져 지금의 생일 파티에는 케이크 위에 자기 나이만큼의 촛불을 꽂게 되었어요.

★ 각 나라 축하 음식의 비밀 ★

각 나라의 축하 음식을 보면 공통점이 있어요. 중국의 중추절 날 먹는 '월병', 러시아의 명절 마슬레니차에 먹는 '블리니', 이탈리아인의 크리스마스 전통 봄식 '파네토네', 녹일의 '슈톨렌', 북유럽의 '진저브레드' 등은 이름은 다르지만 모두 원형의 형태를 하고 있지요. 각기 다른 모양을 하고 있지만 모두 둥근 모양을 하고 있다는 점이 재밌지요?

▲독일의 생일 풍습

푸먹's 뚝딱 레시피

오븐을 쓰지 않아도 되는 초간단 레시피로
부드럽고 달콤한 티라미수를 뚝딱 만들어 보아요!

달콤한 초코 티라미수

● 재료 : 카스텔라, 크림치즈, 생크림, 초코 우유, 설탕, 코코아 가루

1. 크림치즈, 설탕, 생크림을 넣고 거품기로 휘저어 크림으로 만들어 주세요.

2. 카스텔라를 사각 모양으로 작게 썰어 유리 그릇이나 컵 바닥에 깔아 주세요.

3. 카스텔라에 초코 우유를 부어 주세요.

4. 그 위에 1번에서 만든 크림을 발라 주세요.

5. 그 위에 다시 한 번 카스텔라를 깔고 초코 우유를 부어 적셔 주세요.

6. 그 위에 다시 크림을 올리고 마지막으로 코코아 가루를 뿌려 주세요.

완성된
티라미수를 냉장고에
3시간 정도 넣고
차갑게 한 뒤에 먹으면
더욱 맛있지!

푸먹's 미로 찾기

보라가 먹고 싶은 음식을 찾아갈 수 있게 미로를 탈출해 보세요!

커다란 호박케이크가 먹고 싶어!

출발

도착

맛있는 양식 시리즈

초판 1쇄 인쇄 2024년 11월 20일
초판 3쇄 발행 2025년 1월 14일

발행인 심정섭
편집장 안예남
편집팀장 이주희
편집 송유진
제작 정승헌
브랜드마케팅 김지선, 하서빈
출판마케팅 홍성현, 김호현
디자인 DesignPlus
본문구성 덕윤웨이브, 임정우

발행처 (주)서울문화사
인쇄처 에스엠그린
등록일 1988년 2월 16일
등록번호 2-484
주소 서울시 용산구 새창로 221-19
전화 02-799-9321(편집), 02-791-0752(출판마케팅)

ISBN 979-11-6923-335-4
ISBN 979-11-6923-321-7(세트)